THE SNOWY DAY

UN DÍA DE NIEVE

EZRA JACK KEATS

THE SNOWY DAY

UN DÍA DE NIEVE

New York · The Viking Press

VIKING

An imprint of Penguin Random House LLC, New York

This version published in the United States of America by Viking,
an imprint of Penguin Random House LLC, 2023

Visit us online at PenguinRandomHouse.com.

Library of Congress Control Number: 62-15441

Special Markets ISBN 9780425287446 Not for resale

9 10

Manufactured in China

RRD

This Imagination Library edition is published by Penguin Young Readers, a division of
Penguin Random House, exclusively for Dolly Parton's Imagination Library, a not-for-profit program
designed to inspire a love of reading and learning, sponsored in part by The Dollywood Foundation.
Penguin's trade editions of this work are available wherever books are sold.

To Tick, John, and Rosalie

A Tick, John, y Rosalie

One winter morning Peter woke up and looked
out the window. Snow had fallen during the
night. It covered everything as far as he could see.

Una mañana de invierno Peter se despertó y miró
por la ventana. Había caído nieve durante la noche.
Lo cubría todo hasta donde él podía ver.

After breakfast he put on his snowsuit and ran outside.
The snow was piled up very high along the street to
make a path for walking.

Después del desayuno se puso el traje para la nieve y salió
afuera corriendo. La nieve estaba apilada muy alta a lo
largo de la acera para que la gente pudiera caminar.

Crunch, crunch, crunch, his feet sank into the snow.
He walked with his toes pointing out, like this:

Crash, crash, crash, sus pies se hundieron en la nieve.
Caminó con la punta de sus pies hacia fuera, así:

He walked with his toes
pointing in, like that:

Caminó con la punta de sus
pies hacia dentro, así:

Then he dragged his feet s–l–o–w–l–y
to make tracks.

Después arrastró sus pies d–e–s–p–a–c–i–o
para dejar huellas.

And he found something sticking out
of the snow that made a new track.

Entonces encontró algo que sobresalía de la
nieve que dejaba una nueva huella.

It was a stick   Era un palo

— a stick that was just right for smacking a snow-covered tree.

—un palo perfecto para golpear un árbol cubierto de nieve.

Down fell the snow —
plop!
— on top of Peter's head.

La nieve cayó
—¡Plaf!—
sobre la cabeza de Peter.

He thought it would be fun to join the big boys in their snowball fight, but he knew he wasn't old enough — not yet.

Pensó que sería divertido unirse a los niños mayores en su batalla de bolas de nieve, pero sabía que no era lo suficiente mayor —no todavía.

So he made a smiling snowman,

Entonces hizo un muñeco de nieve que sonreía,

and he made angels.

e hizo ángeles.

He pretended
he was a mountain-climber.
He climbed up
a great big tall
heaping mountain of snow —

Se imaginó
que era un alpinista.
Escaló
una gigantesta
montaña de nieve . . .

and slid all the way down.

y se deslizó hacia abajo.

He picked up a handful of snow — and another, and still another. He packed it round and firm and put the snowball in his pocket for tomorrow. Then he went into his warm house.

Recogió un puñado de nieve —y luego otro, y otro más. Hizo una bola firme y la guardó en el bolsillo para el día siguiente. Después regresó a su cálido hogar.

He told his mother all about his adventures
while she took off his wet socks.

Le contó a su mamá todas sus aventuras mientras
ella le quitaba los calcetines mojados.

And he thought and thought
and thought about them.

Y pensó y pensó
y pensó sobre ello.

Before he got into bed he looked in his pocket.
His pocket was empty. The snowball wasn't there.
He felt very sad.

Antes de irse a la cama, buscó en el bolsillo.
Su bolsillo estaba vacío. La bola de nieve
ya no estaba allí. Se sintió muy triste.

While he slept, he dreamed that the sun
had melted all the snow away.

Se durmió y soñó que el sol
había derretido toda la nieve.

But when he woke up his dream was gone.

The snow was still everywhere.

New snow was falling!

Pero cuando despertó, su sueño había desaparecido.

La nieve seguía cubriéndolo todo.

¡Y caía nieve nueva!

After breakfast he called to his
friend from across the hall, and
they went out together into the
deep, deep snow.

Después del desayuno,
llamó a su amigo que vivía enfrente,
y juntos salieron a caminar
por la honda, profunda nieve.